AF324352

VENTE APRÈS DÉCÈS

par suite d'acceptation bénéficiaire

du Mercredi 8 Mars 1911

HOTEL DROUOT - Salle N° 1

à 2 heures

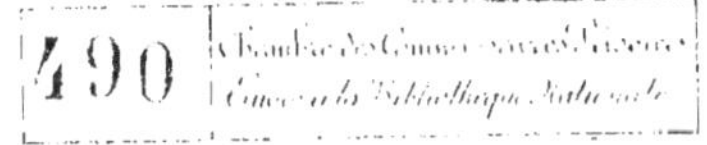

Succession de Monsieur SORDET

TABLEAUX MODERNES

AQUARELLES - PASTELS - DESSINS

BRONZES

M° LÉON BIVORT

Commissaire-Priseur

MM. J. CHAINE & SIMONSON

Experts

PARIS 1911

Succession de Monsieur SORDET

Vente après Décès
par suite d'acceptation bénéficiaire

DE

TABLEAUX MODERNES

PAR

BARILLOT, L. – BEYLE. – BONVIN, F. – BOUDIN, E.
CHINTREUIL. – COURBET, G. – DAUBIGNY, K. – HEBERT ERNEST. – PERRET-AIMÉ.
QUIGNON. – QUOST. – ROHEN. – ROSA BONHEUR. – ROYBET, F.
ROZIER, D. – SCHENCK. – TROYON, C.

AQUARELLES -- PASTELS -- DESSINS

PAR

BOUDIN, E. - CHAPLIN, CH. - COROT, C. - HARPIGNIES.
LAVIEILLE. - PERRET AIMÉ, etc.

BRONZES

BARYE. - FREMIET. - G. GARDET

dont la Vente aura lieu

HOTEL DROUOT — Salle N° 1

le Mercredi 8 Mars 1911

à 2 heures précises

M° Léon Bivort	MM. J. Chaine & Simonson
COMMISSAIRE-PRISEUR	EXPERTS
96, Rue de la Victoire, 96	19, Rue Caumartin, 19

CHEZ LESQUELS ON DISTRIBUE LE CATALOGUE

EXPOSITION PUBLIQUE — Salle N° 1

le Mardi 7 Mars 1911, de 1 heure 1/2 à 5 heures 1/2

CONDITIONS DE LA VENTE

Elle sera faite au comptant.

Les adjudicataires paieront *dix pour cent* en sus des enchères.

L'Exposition mettant à même le public de se rendre compte de la nature et de l'état des objets, une fois l'adjudication prononcée aucune réclamation ne sera admise.

Imprimerie Henri SCHILLER, 3, Place de la République

TABLEAUX MODERNES

———

DÉSIGNATION

———

BARILLOT, Léon

1. — *Animaux à l'abreuvoir.*

SIGNÉ A DROITE ; daté 75.

Toile Haut. 0ᵐ36 ; Larg. 0ᵐ55.

BEYLE

2. — *Intérieur de saltimbanques.*

SIGNÉ A GAUCHE ; daté 1869.

Toile Haut. 0ᵐ46 ; Larg. 0ᵐ39.

BONVIN, F.

3. — *Carré de côtelettes.*

SIGNÉ A GAUCHE

Toile Haut. 0ᵐ33 ; Larg. 0ᵐ41.

BONVIN, F.

4. — *La Guitariste.*

SIGNÉ A DROITE.

Bois Haut. 0m41 ; Larg. 0m28.

BOUDIN, E.

5. — *Barques échouées dans l'avant-port de Trouville.*

SIGNÉ A DROITE.

Bois Haut. 0m22; Larg. 0m27.

BOUDIN, E.

6. — *Laveuses au bord de la Touques.*

SIGNÉ A DROITE.

Bois Haut. 0m14; Larg. 0m.24.

BOUDIN, E.

7. — *La plage à Trouville.*

SIGNÉ A DROITE ; Daté 84.

Bois Haut. 0m15; Larg. 0m27.

CALLOT, E.

8. — *Femme nue ; Etude.*

SIGNÉ A GAUCHE.

Bois Haut. 0m14; Larg. 0m24.

CHARLEMONT, E.

9. — *Tête d'homme.*

SIGNÉ A DROITE E. C.

Bois Haut. 0m25 ; Larg. 0m19.

CHINTREUIL

10. — *La Saulaie.*

Collection J. Desbrosse.

Papier Haut. 0m31 ; Larg. 0m41.

COURBET. G.

11. — *Ruisseau dans la montagne.*

SIGNÉ A DROITE.

Toile Haut. 0m59 ; Larg. 0m73.

DAUBIGNY, Karl

12. — *Bords de l'Oise.*

SIGNÉ A GAUCHE.

Bois Haut. 0m26 ; Larg. 0m45.

DUVIEUX

13. — *Vue de Venise.*

SIGNÉ A GAUCHE.

Bois Haut. 0m26 ; Larg. 0m41.

HÊBERT, Ernest

14. — *Terracina.*

SIGNÉ A DROITE des initiales E. H.

Vente Marmontel ; mars 1898.

Bois Haut. 0m20; Larg. 0m27.

INCONNUS

15. — *Barque de pêche.*

Carton Haut. 0m31 ; Larg. 0m24.

16. — *Fillette.*

Bois Haut. 0m36; Larg. 0m31.

17. — *Jeune femme et amours.*

Bois Haut. 0m24; Larg. 0m18.

JACQUE, Ch. (genre de)

18. — *Moutons; Étude.*

Haut. 0m24; Larg. 0m32.

LEICKERT, Ch.

19. — *Village au bord de l'eau en Hollande.*

SIGNÉ A DROITE.

Bois Haut. 0m20 1/2; Larg. 0m27.

LEICKERT, Ch.

20. — *Patineurs en Hollande.*

SIGNÉ A GAUCHE.

Bois Haut. 0m20 1/2 ; Larg. 0m27.

LOO, C. Van (attribué à)

21. — *Jeune femme jouant de la Mandore.*

SIGNÉ A GAUCHE ; Daté 1725.

Toile Haut. 0m46 ; Larg. 0m37.

METZU, Gabriel (copie d'après)

22. — *La marchande de volailles.*

Cuivre Haut. 0m15 1/2 ; Larg. 0m13.

23. — *Le marchand de poulets.*

Cuivre Haut. 0m15 1/2 ; Larg. 0m13.

PERRET, Aimé

24. — *La distribution des prix.*

SIGNÉ A DROITE ; daté 90.

Toile Haut. 1m54 ; Larg. 1m96.

25. — *Chevaux de hallage à Farge-sur-Saône.*

SIGNÉ A DROITE.

Toile Haut. 0m96 ; Larg. 1m26.

PERRET, Aimé

26. — *Le Noël des vieux.*

SIGNÉ A DROITE.

Toile Haut. 1ᵐ55; Larg. 1ᵐ98.

27. — *Le Berger; le soir.*

SIGNÉ A GAUCHE.

Toile Haut. 2ᵐ30; Larg. 1ᵐ62.

28. — *Retour de l'Ecole; effet de neige.*

SIGNÉ A GAUCHE.

Toile Haut. 0ᵐ46; Larg. 0ᵐ56.

29. — *Après la veillée; l'hiver.*

SIGNÉ A DROITE.

Toile Haut. 0ᵐ55; Larg. 0ᵐ.46.

30. — *Paysannes au bord de la rivière.*

SIGNÉ A DROITE.

Toile Haut. 0ᵐ50; Larg. 0ᵐ62.

31. — *Gardeuse de dindons.*

SIGNÉ A DROITE.

Toile Haut. 0ᵐ47; Larg. 0ᵐ56.

32. — *La cueillette des cerises.*

SIGNÉ A DROITE.

Bois Haut. 0ᵐ55; Larg. 0ᵐ46.

33. — *Fin de journée.*

SIGNÉ A DROITE.

Toile Haut. 0ᵐ4 ; Larg. 0ᵐ56.

PERRET, Aimé

34. — *Repos des moissonneurs.*

SIGNÉ A GAUCHE.

Toile Haut 0m54; Larg. 0m65.

35. — *La déclaration.*

SIGNÉ A DROITE.

Bois Haut. 0m27; Larg. 0m22.

36. — *Jeune paysanne se coiffant pour le bain.*

SIGNÉ A DROITE.

Toile Haut. 0m47; Larg. 0m56.

37. — *La pipe; nature morte.*

SIGNÉ A DROITE.

Bois Haut. 0m20; Larg. 0m27.

38. — *Jeune Bressane pêchant à la ligne.*

SIGNÉ A GAUCHE.

Toile Haut. 0m41; Larg. 0m33.

39. — *Le bon vin.*

SIGNÉ A GAUCHE.

Bois Haut. 0m21 1/2 ; Larg. 0m17 1/2.

40. — *Tête de femme coiffée d'une marmotte.*

SIGNÉ A GAUCHE.

Toile Haut. 0m65; Larg. 0m54.

41. — *Retour de la messe.*

SIGNÉ A DROITE.

Bois Haut. 0m33; Larg. 0m41.

PERRET, Aimé

42. — *Le chemineau et le garde-champêtre.*

SIGNÉ A DROITE.

Bois Haut. 0ᵐ33 ; Larg. 0ᵐ41.

43. — *La vaneuse.*

SIGNÉ A DROITE.

Toile Haut. 0ᵐ66 ; Larg. 0ᵐ47.

44. — *La fileuse.*

SIGNÉ A GAUCHE.

Toile Haut. 0ᵐ56 ; Larg. 0ᵐ47.

45. — *La mendiante.*

SIGNÉ A DROITE.

Bois Haut. 0ᵐ42 ; Larg. 0ᵐ33.

46. — *Les préparatifs du souper.*

SIGNÉ A GAUCHE.

Bois Haut. 0ᵐ41 ; Larg. 0ᵐ33.

47. — *Le semeur.*

SIGNÉ A GAUCHE.

Toile Haut. 0ᵐ74 ; Larg. 0ᵐ93.

48. — *Le repos des faneurs.*

SIGNÉ A GAUCHE.

Toile Haut. 0ᵐ73 ; Larg. 0ᵐ93.

49. — *Le garde-champêtre.*

SIGNÉ A DROITE.

Bois Haut. 0ᵐ31 ; Larg. 0ᵐ41.

PERRET, Aimé

50. — *Retour des champs; le soir.*

SIGNÉ A DROITE.

Toile Haut. 0m33; Larg. 0m41.

51. — *Gardeuse de moutons sous bois.*

SIGNÉ A GAUCHE.

Toile Haut. 0m33; Larg. 0m41.

52. — *Les amoureux.*

SIGNÉ A DROITE.

Toile Haut. 0m33; Larg. 0m41.

53. — *Le joueur de flûte.*

SIGNÉ A GAUCHE.

Bois Haut. 0m41; Larg. 0m32.

54. — *Le tambour de village.*

SIGNÉ A GAUCHE.

Toile Haut. 0m33; Larg. 0m41.

55. — *Les fiancés.*

SIGNÉ A DROITE.

Toile Haut. 0m82; Larg. 1m.

56. — *Le Berger; le soir.*

SIGNÉ A GAUCHE.

Toile Haut. 2m30; Larg. 1m62.

57. — *Ménage Bressan.*

SIGNÉ A DROITE.

Toile Haut. 0m41; Larg. 0m33.

PERRET, Aimé

58. — *Le faucheur.*

SIGNÉ A GAUCHE.

Toile Haut. 0^{m}47; Larg. 0^{m}57.

59. — *Les enfants.*

SIGNÉ A DROITE.

Toile Haut. 0^{m}47; Larg. 0^{m}50.

60. — *La moisson.*

SIGNÉ A GAUCHE.

Toile Haut. 0^{m}46; Larg. 0^{m}56.

61. — *La plantation des choux.*

SIGNÉ A DROITE.

Toile Haut. 0^{m}46; Larg. 0^{m}56.

62. — *Retour de cérémonie.*

SIGNÉ A GAUCHE.

Toile Haut. 0^{m}33; Larg. 0^{m}41.

63. — *Retour des champs.*

SIGNÉ A GAUCHE.

Toile Haut. 0^{m}33; Larg. 0^{m}42.

64. — *Paysan courant au feu.*

SIGNÉ A GAUCHE.

Toile Haut. 0^{m}38; Larg. 0^{m}53.

65. — *Gardeuse d'oies.*

SIGNÉ A DROITE.

Toile Haut. 0^{m}39; Larg. 0^{m}47.

PERRET, Aimé

66. — *La petite bergère.*

SIGNÉ A GAUCHE.

Toile Haut. 0m31 ; Larg. 0m41.

67. — *Repos pendant la fenaison.*

SIGNÉ A GAUCHE.

Toile Haut. 0m47 ; Larg. 0m57.

68. — *Un lièvre ; nature morte.*

SIGNÉ A GAUCHE.

Toile Haut. 0m55 ; Larg. 0m65.

69. — *Poires, pêches, raisins.*

SIGNÉ A GAUCHE.

Toile Haut. 0m55 ; Larg. 0m65.

70. — *Le lapin.*

SIGNÉ A DROITE.

Bois Haut. 0m32 ; Larg. 0m40.

71. — *Bécasse ; oiseaux divers.*

SIGNÉ A DROITE.

Bois Haut. 0m32. Larg. 0m40.

72. — *Sous Bois.*

SIGNÉ A DROITE.

Toile Haut. 0m33 ; Larg. 0m41.

73. — *Melon.*

SIGNÉ A GAUCHE.

Toile Haut. 0m46 ; Larg. 0m36.

PERRET, Aimé

74. — *Paysage rocheux.*

SIGNÉ A GAUCHE.

Toile Haut. 0m53 ; Larg. 1m01.

75. — *Courses de taureaux.*

SIGNÉ A DROITE.

Toile Haut. 0m47 ; Larg. 0m56

76. — *Baigneuse.*

SIGNÉ A GAUCHE.

Bois Haut. 0m27: Larg. 0m22.

77. — *La pêche à la ligne.*

SIGNÉ A DROITE.

Toile Haut. 0m33; Larg. 0m42.

78. — *Le repos de la faneuse.*

SIGNÉ A DROITE

Toile Haut. 0m33; Larg. 0m41.

79. — *Etude à Fontainebleau.*

SIGNÉ A GAUCHE.

Toile Haut. 0m46 ; Larg. 0m56.

80. — *La jeune mère.*

SIGNÉ A DROITE.

Toile Haut. 0m65; Larg. 0m81.

QUIGNON, F.

81. — *Trèfles et coquelicots à Nesles-la-Vallée.*

SIGNÉ A DROITE.

Toile Haut. 0m57 ; Larg. 0m75.

QUOST, E.

82. — *Allée sous bois au printemps.*

SIGNÉ A DROITE.

Toile Haut. 0m50; Larg. 0m61.

ROHEN, Jean Alphonse

83. — *L'Archiduc Léopold d'Autriche dans l'atelier de David Teniers.*

SIGNÉ A GAUCHE ; daté 1840.

Toile Haut. 0m74; Larg. 0m93.

ROSA BONHEUR

84. — *Un sanglier ; Etude.*

à gauche le cachet de la vente.

Toile Haut. 0m44 ; Larg. 0m32.

ROUSSEAU, Ph. (attribué à)

85. — *Nature morte.*

Bois Haut. 0m31 ; Larg. 0m26.

ROYBET, F.

86. — *Le trompe*

SIGNÉ A GAUCHE; daté 1874.

Bois Haut. 0m61; Larg. 0m44.

ROZIER, Dominique

87. — *Le jambon.*

SIGNÉ A DROITE.

Toile Haut. 0m60; Larg. 0m74.

SCHENCK

88. — *Moutons sous la tourmente de neige.*

SIGNÉ A GAUCHE.

Toile Haut. 0m35; Larg. 0m50.

TENIERS (d'après)

89. — *Fête du village.*

Bois Haut. 0m15; Larg. 0m26.

TROYON, C.

90. — *Bouquet de fleurs.*

SIGNÉ A DROITE.

à mon ami Masson.

Toile Haut. 0m35; Larg 0m27.

AQUARELLES
PASTELS & DESSINS

BASTIEN LEPAGE

91. — *La faneuse.*

Eau-forte avec dédicace.

BOUDIN, E.

92. — *Barques échouées.*

Pastel ; SIGNÉ A DROITE DES INITIALES.

Vue Haut. 0ᵐ18 ; Larg. 0ᵐ28.

CHAPLIN, Ch.

93. — *Portrait de femme.*

Dessin rehaussé ; SIGNÉ A GAUCHE.

Vue Haut. 0ᵐ26 ; Larg. 0ᵐ32.

94. — *La nuit.*

Sanguine ; Esquisse.

COROT, C.

95. — *Souvenir d'Italie.*

Dessin à la mine de plomb ; SIGNÉ A DROITE.

HARPIGNIES

96. — *Le Cap Martin*.

Aquarelle ; SIGNÉE A GAUCHE ; datée 88.

Vue Haut. 0m19 ; Larg. 0m27.

LAVIEILLE, E.

97. — *Paysage*.

Dessin à la mine de plomb ; SIGNÉ A GAUCHE.

MEISSONIER, Ernest
(attribué à)

98. — *Polichinelle*.

Dessin.

Vue Haut. 0m60 ; Larg. 0m43.

PERRET, Aimé

99. — *Chemin ensoleillé*.

Aquarelle ; SIGNÉE A GAUCHE.

Vue Haut. 0m37 ; Larg. 0m27.

100. — *Paysage*.

Aquarelle ; SIGNÉE A DROITE.

Vue Haut. 0m34 ; Larg. 0m24.

101. — *Eglise de campagne*.

Pastel ; SIGNÉ A GAUCHE.

Vue Haut. 0m34 ; Larg. 0m42.

PERRET, Aimé

102. — *L'Etang sous bois.*

Aquarelle ; SIGNÉE A DROITE.

Vue Haut. 0ᵐ38 ; Larg. 0ᵐ55

103. — *Moissonneuse.*

Dessin rehaussé ; SIGNÉ A DROITE.

Vue Haut. 0ᵐ50 ; Larg. 0ᵐ39.

104. — *Le fumeur.*

Aquarelle ; SIGNÉE A DROITE.

105. — *La fête du village.*

Aquarelle ; SIGNÉE A DROITE.

Vue Haut. 0ᵐ38 ; Larg. 0ᵐ47.

106. — *La noce.*

Aquarelle ; SIGNÉE A DROITE.

Vue Haut. 0ᵐ29 ; Larg. 0ᵐ45.

107. — *Gardeuse d'oies.*

Pastel ; SIGNÉ A DROITE.

Vue Haut. 0ᵐ46 ; Larg. 0ᵐ55.

108. — *La fileuse.*

Aquarelle ; SIGNÉE A DROITE.

Vue Haut. 0ᵐ50 ; Larg. 0ᵐ38.

109. — *Méditation ; crépuscule.*

Pastel ; SIGNÉ A DROITE.

Vue Haut. 0ᵐ47 ; Larg. 0ᵐ56.

PERRET, Aimé

110. — *Un baptéme dans la Bresse.*

Aquarelle ; SIGNÉE A GAUCHE.

Vue Haut. 0ᵐ36 ; Larg. 0ᵐ45.

111. — *Le Cinquantenaire.*

Aquarelle ; SIGNÉE A DROITE.

Vue Haut. 0ᵐ40 ; Larg. 0ᵐ50.

112. — *Aveu tardif.*

Aquarelle ; SIGNÉE A GAUCHE.

Vue Haut. 0ᵐ45 ; Larg. 0ᵐ55.

113. — *Paysage.*

Aquarelle ; SIGNÉE A GAUCHE.

Vue Haut. 0ᵐ28 ; Larg. 0ᵐ39.

114. — *Lisière de bois.*

Aquarelle ; SIGNÉE A DROITE.

Vue Haut. 0ᵐ48 ; Larg. 0ᵐ33.

115. — *Paysage.*

Aquarelle ; SIGNÉE A GAUCHE.

Vue Haut. 0ᵐ28 ; Larg. 0ᵐ44.

116. — *Paysage.*

Aquarelle ; SIGNÉE A GAUCHE.

Vue Haut. 0ᵐ26 : Larg. 0ᵐ36.

ROGIER, Gabriel

117. — *Paysage.*

Aquarelle ; SIGNÉE A GAUCHE.

Vue Haut. 0m38 ; Larg. 0m54.

BRONZES

118. — *Combat de cerfs.*

par G. Gardet.

Edition Barbedienne.

119. — *Panthère saisissant un cerf du Gange.*

par Barye.

Edition Barbedienne.

120. — *Le baiser.*

par Rodin.

Edition Barbedienne.

121. — *Cheval arabe.*

par Fremiet.

122. — *Chiens bassets.*

par Fremiet.

123. — *Chien de berger.*

par Fremiet.

124. — *Eléphant.*

Bronze Japonais.

RED. :

20

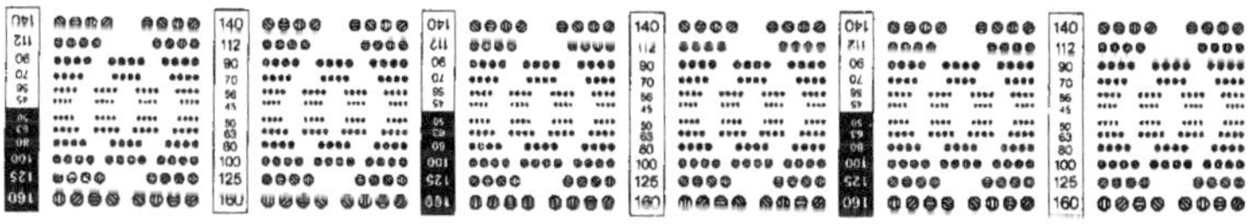